그리움
너머에는

그리움
너머에는

남춘길 시집

그린아이

감사가 익어가는 눈부신 시간이기를!

허락하신 은혜의 땅에 꽃씨를 뿌리듯 시詩의 씨를 뿌린다. 싹이 트고 푸른 잎이 돋아 아름답게 자라나고 열매까지 아름답게 맺는다면 얼마나 좋을까 꿈을 꾸면서……

꿈을 갖는다는 것은 마음 안에 희망의 씨를 잉태하는 설레임 가득한 일이다.

시를 쓰는 일은 젊음으로 되돌아가는 시간 여행이 되어 주었다. 아니, 젊음을 불러오는 주술이었다. 젊은 날의 감성으로 그리움을 되살리고 사랑의 언어를 노래하게 되는 찬란한 날개를 달아 준 시간이었다.

글쓰기의 시간은 여러모로 나를 성장시켜 주었고 감사의 두께를 늘려가는 은혜의 옷을 입혀 주었다.

수필과는 또 다른 시 쓰기에 발을 담그면서 새로운 세계를 향한 도전이 실어다 주는 기쁨도 알게 되었다.

나이 많다고 지레 겁을 먹고 주저앉아 버리는 노년의 쓸쓸함에서 벗어나 새로운 의욕 앞에 서 있는 자신에게, 내 또래의 친구나 후배들에게 잘 익어가는 삶의 완성을 보여줄 수 있는 어른이 되어 달라고 애정 어린 주문을 하고 싶다.

　지금부터라도 하고 싶었던 일, 취미로 시작해 보라고!

　코로나19에 갇혀 지내는 답답한 시간에도 감사를 잃지 않으려 기도드리는 마음으로 써 내려간 마음의 노래가 나의 시를 읽어주는 영혼들에게 다가가 닿기를 조심스럽게 겸허한 바람을 가져본다.

　나이듦의 쓸쓸함에 대하여 쓰기 전에 젊은 날의 감정을 되살려 준 시어들을 갈무리하면서 마음 안에 잠자고 있던 시를 향한 불씨를 꺼내어 되살려 주신 스승 김지원 시인 목사님께 깊은 감사를 드린다.

기꺼이 해설을 써 주시고 용기를 낼 수 있도록 끊임없는 격려와 따뜻한 조언으로 지도해 주시지 않았다면 시집을 낼 엄두도 내지 못하였을 것이다.

나의 삶에 든든한 버팀목이 되어 주고 내 글쓰기 작업에 큰 도움을 주는 남편에게, 뒤늦은 엄마의 시 쓰기에 유쾌한 박수로 응원을 보내주는 예리, 다영에게, 어느새 훌쩍 자라 사춘기의 감성으로 할머니 시에 독자가 되어 주는 하린에게도 사랑과 감사를 보낸다.

아울러, 정성을 담아 시집을 만들어 주신 도서출판 그린아이에 진심 어린 감사를 전한다.

2020. 10.

▌차례

제1부 그리움 너머에는

제2부 어머니, 그 아늑한 뜰

제3부 꽃들의 생애

제4부 믿음 앞에 서다

제5부 행사시

제1부
그리움 너머에는

그리움 너머에는

여기저기 흩어진
그리움을 모아
색색의 조각보를
바느질한다

분홍 그리고 초록
노을 물든 그리움도
찾아냈는데

끝내
찾지 못한

숨어버린
물빛 그리움은
젖은 마음 때문인가
슬픔 끝에
매달린 목마름 때문인가

그리움 너머에는

바람처럼 떠도는
구름 사이로
일곱 색깔 무지개가
떠오르리라.

그 여자

너의 깊은 눈
너무 따스해
가만히
만져보고 싶다

해맑은 미소도
한 줌
길어올리고 싶다

감추고 있는 슬픔
조심스레
바라보기만 해야 할 것 같다.

내게 말 걸다

호랑나비
찬란한 날갯짓으로
꿈꾸었다

피어나는 꽃처럼
눈부시게
웃고 싶었다

꿈도 놓치고
향기도 지우고

싹트는 사랑

쓸쓸한 가슴 안에
나무
한 그루.

너를 위하여

살아가는 날들이 너무 아파
비명을 질러대는 너를
토닥토닥
쓰다듬으며
끌어안았지

힘내라고
다 지나갈 거라고

언제
끝날 줄 모르는
사막 위에서

시린 허리춤에
아직은 얼어붙지 못한
미지근한 마음에
매달려 있는
너에게
조심스레
손을 내밀어본다.

눈 오는 날

흰 눈발에 스미는
아득함

시린 나무 허리에
감겨오는 바람

잿빛 하늘이
가만히
눕고

겨울나무 사이로
눈이 쌓인다
소리 없는
천사들의 합창처럼.

떠나는 가을을

숲속 가득 떠다니는
가을 조각들이
투명한 햇살을 가르고
손끝에 감긴다

무덥던 여름이
어느새 아득해지고
너무 빠른 시간들이
서글퍼진다

서두를 것 없다고
늦가을을 향해
손사래 치는 시간

거실 안 가득히
펄럭이는
가을 자락을
고이 접어
잠재우고 싶다.

바램

어두운 그림자
떨쳐내려
빨리 달릴수록 그림자는
등뒤로 업혀왔다

바람결에 실려온
햇살 잡으려
기린처럼 목을 늘이면
겨우
손 내밀어 준
홍시빛 노을

꽃 지고 난 자리에
맺힌 열매처럼
참
따스한 바람이다.

벚꽃

하늘길 열릴 듯이
연분홍 꽃잎이
꽃눈으로
쏟아져 내리던 날

정성껏 수놓은
그리움의 화살을
조심스레 당긴다

폭죽처럼 터지는
조용한 환희.

봄이 오는 길

봄이 열리는 앞뜰에
두런두런
나뭇가지 물오르고
연녹색 잎들이 움터오는 속삭임
꽃망울 터지는 소리

아직은 창밖
동장군의 큰기침에
깜짝 발소리 죽여
봄바람이 실눈을 뜬다

얼마나 깊게
꽃몸살 앓아야 할까.

알고 싶어요

목마름이 익어서
그리움이
감미로운 슬픔 되어
쌓여가는데
당신은요?

설레임으로
써 내려간
마음속 일기장엔
연두색 이슬이 맺혀가는데
당신은요?

알밤을 주우며

풀숲에
숨겨진
밤색 보석

가시 돋은 껍질 벗고
님 찾아왔나

높아진
푸른 하늘
투명한 햇살
빛 그늘이
너를
살짝 밀어냈을까.

옛이야기

봄볕 피어오르는
언덕길에는
새하얀 살구꽃이
나비처럼 내려앉았다

아득한 옛날
별당 아씨 긴 속눈썹에
살포시 내려앉던
꽃잎처럼

그리움 가득한
깊은 눈 속에
목마름처럼 타오르던
달콤한 슬픔 한 자락

묵향 마르기 전
접은 마음
그리움을 위하여.

오이

연두색 줄기 뻗어
피어난 노란 꽃
가느다란 넝쿨 속에
숨듯이 맺혀 있는
갸름한 얼굴

이슬과 빗물로
씻어낸
청아한 몸매도

기다림으로
찾아든
갈색의 노구도

오직
식탁 위 접시 속에서
새롭게 눈 뜬
촛불이다.

은혜의 길

부서진
외로움
아프다고
소리쳐도
그때가
그분을 만나는 시간이다

흩어진
고난마다
빛 되어
찰랑이며
다가오는
그분이 사랑의 잔이다.

이른 봄

새벽바람은
갓 베인 시간을 물고 와
회색빛 아침이
물오른 나뭇가지 위에 걸리고

햇살은 빠른 걸음으로 달려와
창문을 두드린다

어느새
겨울을 밀어내고
다가온
한줌 봄볕이
눈부시다.

이 아침에

어느새
은빛 햇살 가르고
찾아온 봄
두 팔 가득 안겨온다

두꺼운 옷 속에
감추어진
속살의 아픔도
탈탈 털어내고

찬란한
기쁨은 아니더라도
고요한 감사가
이슬처럼 소복하게
쌓여오는 아침.

장미

누군가에겐
향기 담은 장미가
사랑을 전해 주고

누군가에겐
가시에 찔린 채
피 흘리는 아픔이 된다

차라리
시들어 버린
눈송이처럼
붉은 꽃잎으로
날아갔으면.

풋대추

끝나지 않을 것 같던 장마
퍼붓던 빗줄기 속에서도
탱글탱글 영글어간
풋대추

물빛 하늘 이고
인사를 해온다

해맑은 연둣빛 속살의
풋대추빛

남색 치마 받쳐 입은
풋대추빛 저고리에
자주색 끝동
여인의 자태는
천상의 선녀인 듯
얼마나 어여삐 비쳐오는가

붉게 물들 대추알 사이로
가을이
숨가쁘게 달려온다.

초록 나비

초록 나비들과 어울려
흥겹게 몸 놀리던 춤사위
버선발로 사뿐사뿐
꿈이었던가

어깨 위에 내려앉은
한 쌍의 나비
한 마리 곱게 접어
머리 위에 꽂았다

나비들은 춤추며
노래 속에
기쁨을 실어오고

마음 안에 품은
눈부신 희망으로
터질 듯 부풀어오른
지난밤 꿈.

제2부
어머니, 그 아늑한 뜰

6월의 어느 날

들녘엔
밀 보리 익어가는 냄새
텃밭에는 감자꽃
자주색 하얀색
꽃잎을 열어
화답하고
노랑나비 춤추는 한나절

모내기가 한창인
논둑에 서면
물 대주는 웅덩이에
동동 떠오른
우렁 껍질

어미 살점 배불리 먹고
통통 살 오른
우렁 새끼 합창 소리
'우리 엄마 신선 됐네'

가슴 저린

어미 사랑

자신을 송두리째 내어준.

겨울 산

눈 덮인 계곡은
입 다물고 있지만
두꺼운 겨울 응달이
하품을 하면

숨겨진 해그림자
기지개 켠다

얼음이 녹고 난 바위틈엔
맑고 고운 노래로
시냇물 흐르고

산자락엔
이름 모를 풀꽃들이
색색의 옷깃을 여미고
산 위에 꽃동산을
준비하고.

겨울새

햇볕도 숨어버린
겨울 숲에
발 시린 어미 새들이
옹기종기
모여 있다

깡마른 몸뚱이로
이곳저곳 쪼아보지만
겨우 찾아낸 부서진 조각들

깃털 깊숙이
숨겨진 가슴속에
한 가득 아픔을 안고
"아가야 배고프지"

허기진 새끼들은
졸리운 눈 비비며
엄마의 따뜻한 품을
꿈꾸고 있는데.

고요를 향하여

말을 많이 한 날도
밥을 많이 먹은 날도
후회가 많다

마음을 비우고
옆자리도 비우고
고요를 기다리면

맑아진 눈빛에
어깻죽지에
날개가 돋으리라.

그해 봄날

잠깐 총성이 멎고
푸른 쑥 돋아나던
1·4후퇴
그해 봄날

시골집
툇마루 끝에
내리쬐던 봄볕은
얼마나 따스하던지

소매 깃을 스치던
봄바람 냄새
응달진 곳에서는
눈 녹는 소리

눈꺼풀 덮으며
졸리움 몰려오던
나른하고도
조마조마하던
잠깐의 평화.

들녘에 서면

추수 끝난 늦가을
들녘에 서면
고요한 침묵이 가득 고인다

흙이 준 정직
햇볕에 그을린 땀방울

겸허한 감사
그들이 빚어낸
황금빛 열매

영혼 가득 차오르는
가르침에
목이 메인다.

마음 안 풍경

격한 분노를 건너뛴
외로움은
껍질을 깨고 나온
분홍빛 아픔이다

어깨 위에 무겁게 얹힌
미움을 털어내며
깊숙이 박힌 가시를 빼내려
숨 고르는 시간

마침내 다다른
외딴섬에서
한 조각
빛을 만난다.

미움 앞에 서다

힘없는 두 어깨
성가신 슬픔
안개 속 미움으로
더
무겁다

쓰담으려
내민 손
흑빛으로
물살을 가른다.

어두움 앞에서

봄바람은
아장아장
내게로 와 안기고

꽃들은
서둘러
환한 웃음을 터트린다

느티나무 속살은
연둣빛
새순을 틔운 채
볼을 쓰다듬는데

어두운 시간들은
내게 와 머물고
멈추어 선 채

길을 잃어
견디기 어려운 날들이
쌓여만 간다.

보릿고개

녹색 물길 흐르던
청보리밭에
황금물결 파도치듯 넘실대면

초가집 굴뚝마다
모락모락 연기가
피어오른다

먼지 일던
가마솥 아궁이에
불을 지피면
엄마 머리 흰 수건도
노을빛으로 물들어간다

구수하게 김 오르던
보리밥 냄새

아가야 배고팠지
많이 먹어라

허기지던 날의 추억도
황금색으로 익어가던
청보리 알갱이도
자꾸만 뒤돌아보고 싶은
한 폭의 그림이다.

버거운 날

골목길 어귀에 걸린
초승달도 끝내
찾지 못한
그림자

울먹임 토해내던
가느다란
한숨을
보듬어준 바람 한 톨

깊이 박힌 가시
빼어내면 될 것을

윤삼월 늦은 저녁
주저앉은 자리에서
분홍빛 희망을 짜깁기한다.

성묘길

코스모스 하늘대는
언덕을 지나
푸른 잔디 돋아난
산소에 다다르면
유년의 날들이
소리 없이 열린다

찬란한 날갯짓에
미소 짓던
아버지의 넓은 품
엄마의 눈높이를 향하여
떠오르던 무지개

들국화 향기 속에
웃자란 오늘
가만히
울음을 삼킨다.

시간 속으로

늦가을 투명한 햇살이
거실 깊숙이 들어와
놀자 한다

뺨 부비고 노래 부르며
어릴 적 소꿉친구
함께 불러와

단발머리 찰랑이던
아득한 날들
풀빛 그리움으로 남은
눈부신 젊음

내 아기가 걸음마 배우던
보드랍던 시간들

숨가쁘게 달려온
무겁던 날들이
감사의

장대 위에 높이 걸리고

어느새
은빛 나비들이
머리 위에 앉는다.

어머니의 버선코

어머니가 마련해 주신
혼수
20켤레
버선이
잠들어 있다

어여쁜 버선코
만들어 주려
여러 번 고쳐가며
버선 본 뜨던
손길
다홍실로 짝지어
쟁여 주셨다

'버선은 솜씨 있게 기워 신은 맵시가 으뜸이니라'
'허나 너는 진솔만 신어라'
하시던 엄마

나는 한 켤레나 신었을까

날렵하게 어여쁘던
어머니의 버선코
그리움이
이슬 되어 맺혀온다.

어머니의 빨랫줄

어머니의 빨랫줄
광목 한 통
통째로 널려 있었다
딸들의 혼수
홑이불감

개울가 언덕에서
초벌 바래기
물과 햇살과 바람 섞어

바지랑대 높이 받친
빨랫줄 위에
펄럭이며
바래지던
홑이불 자락

목화 솜 곱게 틀어
비단길 가라
기원 담고

정성 담아
꾸며준 혼수이불

무겁다
내치며
실크 솜 바꾸면서
시린 가슴
아픔으로
가득 찼었다.

어머니의 된장찌개

어머니
된장찌개엔
달래향이
푸르게 살아 있었다
사랑도 한 움큼
구수함도 한 움큼
녹아 있었다

그리움 수북 쌓인
내 된장국엔
씁쓸한
오늘이
가득하다.

엽차 한 봉지

뜨거운 물 속에
엽차 한 봉지
얇아도 찢기지 않는
강한 힘
당찬 숨결

희망도 섞고
인내도 버무려
유유히 울궈낸
은은한 향기

한 잔의 차 속에 담긴
깊은 울림

어머니의 사랑이
이러했을까.

질화로

화롯불 쪼이려
옹기종기 모여 앉던
헐벗은 그림자

미지근한 재 속에
깊숙이 꽂아둔 인두로
걱정도 두려움도
다림질하던
희미한 햇살의 흔적

저고리 앞섶에
날세우듯
꿈을 닫지 않으면

질화로 속
깊게 묻어둔 불씨
살려낼 수 있을까
내일
푸른 불꽃으로
타오를 수 있도록.

제3부
꽃들의 생애

8월의 크리스마스

산수유가지 위에
봄이 내려앉고
부풀어 있던 매화
꽃잎을 열었다

연분홍 벚꽃이
꽃비 되어 흐르고
눈처럼 휘날리던
4월이 간다

소나기 내리꽂힌
짙푸른 그늘 사이로
안개비처럼 스며든
8월의 크리스마스

그대를 향한 목마름은

손닿을 수 없는
마음 안 빗금 사이를

수놓아 맞추고 싶은

꿈 조각일까.

가을비

노란 꽃 은행잎
빨간 꽃 단풍
꽃비 되어 흐르고
쌓여진 낙엽은
발등을 덮는다

비바람에 실려온
가랑잎 한 송이
받아 안으니

부활을 꿈꾸는
갈색 노래에
무지개 뜬다.

그리움

깊숙하게 박혀 있는
외로움을 털어내려
힘겹게
옛 시간들을 불러오면

메마른 시간 너머엔
그리움이 앉아 있다

연둣빛 실바람이
담긴
그리움이.

그리움을 키우다

가만 가만 출렁이는
아픔을 딛고
차가운 목마름처럼
그리움이 돋는다

감미롭게
슬픔처럼
아쉬움처럼
설레임 버무려
시들지 않는
푸르름이다

뒤돌아본 날들이
나이듦의 오늘이
또 내일이
윤기 흐르며
남겨지라고

키우고 싶다
그리움을.

꽃들의 생애

흔적 없이 녹아내린
흰눈처럼
눈부신 꽃잎들이
잦아들듯
사라져 버렸다

초록빛 묻어나기 전
피어날 꽃들을 위해
대장장이 풀무질하듯
많은 밤을 지새웠을
꽃눈들의 성장통

피어남도 시듦도
똑같은
아픔인 것을!

다하지 못한 노래

봄비 냄새 가득한
안개 속
떠오르는 얼굴

마음 한 귀퉁이
꽃잎 열리는 소리
살풋
들려왔다면

슬픔처럼 돋아나던
감미로움
아픔 되어 밀려오고
모른 체
돌아선 발걸음
뒤돌아보고 싶은
목마름이
차올랐다면
사랑일까요.

동백꽃

어느 새
봄이 와 버렸다고
은빛 햇살은
창문을 두드리고

메마른 아파트 베란다에
한 송이 동백이
붉은 꽃잎을 열었다

그리움이 깃든
향기로운 숨결

서둘러 떠나기 전

서러움 가득한
눈망울에
뜨거운 목마름을
가득 채운다.

등나무

등나무 그늘에
보라색 초롱들이
수백 개의 꽃잎을 열고
불을 밝혔다

수십 년 키워온
그리움을 마시고

소리 없이 다가온 그림자에
휘감기는 바람처럼
아득한
추억이 여물어간다.

라일락

소리 없이 져버린
라일락
멀리까지 보내주던
향기만 남기고

향기의 바다 속에
몸을 담그고
보랏빛 연서에
그리움을 채워
씨줄 날줄 엮어가던
시간

어여쁘던 연두색 사월은 가고
어느새
오월은 비취빛으로 익어간다.

목련

아직
떠나지 못한 겨울에게
작별 인사도 못 했는데
목련의 봉오리가
미소를 보내왔다
흔들리는 가슴으로 쏟아진
설레임 주고

새하얀 불꽃으로 타오를 날들
그날까지만
너를 보고 싶다

버들강아지
눈썹 간지럽히는 햇살 아래서
난 벌써
땅 위에 떨어져 뒹굴며 쌓여질
창백한 하얀 잎이
두려워진다
흔적 없이 사라질

어제의 우아한 몸짓에

네 젊음.

봄날

채송화 피어나던
어느 봄날에

마음을 살짝 열고
햇살 들어와

노랑나비 두 날개 사이로
활짝 핀
봄날을
실어다 주었다.

봄날의 노래

연두색 잎들은
머지않아
초록빛 바다를
이루고야 말리라

바다 속 깊은 곳에는
얼음 궁전이 있을까

망울진 꽃가지마다
호롱불을 켜들고
마중 나온
아름다운 미소는
님을 기다리는 설레임일까
얼음 궁전 왕자님을 그리는 걸까

노랑나비 흰나비
날아오르고
빛나는 바람으로
꽃눈을 여는
눈부신 봄날이다.

사랑일까요

흔들리며 피어나던
작은 꽃처럼
가늘게 떨려오던
설레임 너머로
담겨오던
연둣빛 향기

감미로운 슬픔처럼 솟아오르던
아득한 소리
눈 떠오던 아픔은
목마름일까

깊게 가라앉은
그리움 속에
길들여진
막다른 골목길

물빛으로 차가운 외침 뒤에
아직도 서성이는
그림자는.

사월인가 봐

돋은
사랑
꽃술 속으로 숨어
졸음이 오나
아 니 야
햇살 실어
울려퍼지는 노래
사월인가 봐

눈뜬
어린잎들이
얼굴을 부비며
속삭이는 소리
겁내지 않아도 돼
바람도
햇살도
웃고 있잖아

웃고 있잖아!

아침 식탁

이른 새벽 숲속 산책길
길어올린
피톤치드 한 접시
연두색 풀잎 향기도 담아
식탁 위에 올린다

빨, 주, 노, 초, 파, 남, 보
무지개 뜬
식탁 옆에 서면
조용히 울리는 은총의 소리

달콤 촉촉 호박고구마에
삶은 달걀도 한 개

감사 가득 수저 위에
호두 반쪽 아몬드
입 가득히 고이는 고소한 맛

건강하게, 감사하게

하루의 시작
고단하고 힘든 하루라도
천천히 열리는
축복이어라.

이별, 그 아픈 시간

젖어오는 슬픔에
기대어 서서
가만히 눈을 감으면

껍질만 남은
몸뚱이 안에
휑한 바람 서걱대며
부딪쳐 온다

깊이 패인
어제의 아픔도
슬픔 쌓인 오늘도
헹구고 싶은 얼룩도
바래어질까

쏟아지는 그리움을
마음 가득 채우면
따스한 바람
잠에서 깨어나 줄까

똑같이 이어질
시간 속 흐름은
꼭 가야 할
새로운 내일로 펼쳐지리라

낯선 옷 갈아입고
조심조심 내딛을
생의 기슭.

지나간 시간들

꽃잎 열리던
봄날은
눈부신 빛으로 달려와
바람 되어 스쳐갔을까

진하게 푸르렀던
숲속에서
매미의 노래가
바람결 따라
춤추고

붉게 타오르던
잎들의 노을 녘
단단하게 여물어가던
아가위* 등을 타고
새들은 날개를 폈다

성긴 바람 사이로
흩날리던 눈발

겨울나무는
부활을 꿈꾸며 잠들고

해 돋는 아침
나이든 오늘을 가만 가만
빗어 내린다.

*아가위:장미과의 산사나무 빨간 열매.

창밖에는

겨울날
도시의 새벽은
잿빛으로 열린다
커다란 회색의 치마폭처럼

떠날 듯 떠나지 못한
겨울의 그림자가
서성이며
창문 두드려
문득 귀 기울이니
창밖에 와
가만히 서 있는
손님은

잠자고 있던 그리움인가
고개 들고 깨어난
아득한 날의 발자국인가.

추억

콩서리 나누어 먹던
가을 언덕에
흔들리던 억새

검게 그을린 콩깍지 속에
살캉 설익은
청미색 콩

바람결 따라 춤추던
들국화
투명하던 푸른 하늘

배고픔에 흔들리던
작은 가슴에
한 줄기 바람이
휘감고 갔다.

축제

지난여름
푸르렀던 그늘
이 가을
노을 녘에
붉게 타오르는 단풍
황금빛 은행잎
봄날의 부활을 준비하는
고별의 축제인가요?

봄부터 가을까지
그대들의 생애는
아름답고
위대했습니다

언제쯤 제게
축제의 초대장을 보내주시겠습니까?

제4부
믿음 앞에 서다

감사기도

무릎 아래 찰랑이던
치마 차림도
이젠 버거워

그저 편한 운동화에
바지 차림

그래도
내 발 내 다리로
가야 할 곳 갈 수 있는
오늘이
너무 감사해

폭설 내린 머리칼
처진 눈꺼풀
심해진 건망증
그래도 아직은
소소한 일상
자식들 짐 안 되고

넘나들 수 있어
너무 감사해.

기원

살갑지 못한 봄볕에도
목련이 한창이다
이쪽 가지엔 하얀 목련이
저쪽 가지엔 자목련이

만동서 매화
폭죽처럼 터트린 벚꽃
춤추는 개나리 물결
수줍은 듯 진달래
아우성치며 피어나고
봄은 자지러지게 익어가는데

만물의 영장 인간은
미생물 코로나에 치여
허둥대며 비틀거린다
우수한 두뇌가 연구에 몰두해도
신의 섭리엔 두 손 드는가

불길처럼 번지는

코로나의 위력 앞에
한없이 나약한 인간은
눈물 머금고 무릎 꿇어 기도할 뿐이다

나의 힘이 되시는 여호와여
빛으로 오셔서 나를 도우소서
사랑으로
은혜의 손길로
이 험한 늪에서
우리를 건지소서.

그날은

깊이를 알 수 없는
사랑
무딘 입술로 고백해 보지만
일렁이는 그림자처럼
흔들리며 방황한다

억울함도
분노도
선으로 이기면
구겨진 마음밭에 성큼
감사가 자란다

두려움에 떨며
점처럼 작아진 영혼
그분 앞에 서는
그날은
부끄러워 말라고
환한 빛 사이로
맞아주실까.

너

젊은 날
숱 많던 머리칼은
푸른빛이었다

그 안에 깃든 꿈은
검었다가
희었다가
요동을 치고

가난에
두 손 든
초라한 몰골은
가득 찬 오기로
감사를 모르는
지옥이었다.

믿음

절망 가득 찬
가슴을 열어
깊게 패인 아픔을
새김질하는 영혼

마음 언저리에
머물고 있는
불만의 발길질

한숨 섞인 눈물을
멈추게 한
숨결은
한 톨 빛으로 다가온
그분의 옷자락이다

힘겹게 잡아본 손길은
따스한 바람이고
그림자처럼 스며든
사랑의 흔적이다.

바로 서는 나무

겸손을 잃어버린
오만은
칙칙하고 어둡다

날 세워 누군가를
밟아버린 쾌감은
쓰디쓰고 부끄럽다

정죄의 입술에 매달린
비뚤어진 영혼
그 시간이
지옥이란 걸 알려준
깨달음의 시간

비로소 허물이 보이면
휘청거리다 바로 서는
나무가 된다.

선물

감사를 모르고
비명을 질러대던
젊은 날

원망과 분노로
거칠게 쏟아내던
기도문
일기장엔
가득했었다

황량하고 칙칙한
일상의 무게
침묵하시는 하나님

마음밭에
돋아난 새싹처럼
평강이
가져다준 선물

아픔도 고난도
유익이라는 걸
그때는
몰랐었다.

원죄

옳지 못한 일
바로잡고 싶어
정의를 향한 영혼
분노하고
갈등하고

너도 나도
똑같이
사망의 올무에
얽혀든다

미움을 건너뛰고
놓여나고 싶은
마음결

용서는
스스로에게 베푸는
자비

깨달음
마음 안에 솟구쳐 오르면
비로소
부끄러운 허물 벗을 수 있을까!

위로의 잔을

앞이 보이지 않는
캄캄한 골목길에
신음소리 가득 담겨진 날
소나기 몰고 오는 천둥소리

퍼붓는 빗줄기가
온몸을 적셔온다
우산도 없이

비가 멎으면
빗방울 사납게 튀어오르던
시간 뒤엔
무지개 뜰까

비바람의 모서리를
둥글게 깎아
한 줌
부드러운 온기를 채워
구들장 덥힌 방바닥에
조용히 눕고 싶다.

위선

거칠고 험한 생각 같은 건
전혀 하지 않을 것처럼
선한 얼굴로
따스하게 미소 짓고
팔 벌려 안아주는
넓은 가슴

악의 포장은 너무 거룩하지만

마음 안으론
먹물 같은 검은 눈이 내린다

허접한 영혼이 몸부림치듯
캄캄한 터널 속에서
소금의 참맛을 잃어간다.

은혜의 색은

은혜의 색은
무슨 색일까
풀빛일까
다홍색일까
은은하고
잔잔한
항라 적삼 색일까

은혜로 시작해
책임이 되는
믿음의 색

어떤 색일까
도무지.

향나무

찍은 도끼 날에도
남겨진 향

연필심 피부되어
깎이는 아픔을
견디어 낸 시간들
묵직하게 던져 준
온기

몽당연필
될때까지
주인을 지켜
고통을 이겨낸 사랑
희생을 가르쳐 준
사랑이다.

코로나19

박쥐를 숙주 삼아
기대어 살던 코로나

그 교활한 얼굴을 들이밀고
동물의 세계를 떠나
인간과의 공존을 실행에 옮겼다
동양도 서양도 구분 없이
바다도 국경도 넘어
남자도 여자도
어린이도 젊은이도 늙은이에게도
똑같이 공격의 날을 세우고

부한 선진국도
가난한 후진국도
속수무책

함부로 내뱉던 언어
시간을 아끼지 못한 철없는 모임
막고 싶으셨던 것일까

절대자의 재앙인가
피할 길 없는 절망의 날들

아픔이 깊어도
삶을 긍정하는 언어를 붙들고
절망의 가슴을 열어
희망을 낚시질한다

하나님의 날개 아래
숨죽여 기원하는
영혼.

행복은 어디에

행복은
어디로 숨었을까

집 안에도
집 밖에도

구름 닿아 있는
언덕 위에도
흔적조차 없는데

헤매이다 찾아낸
행복의 그림자

오 오!
거기 있었네
감사의 향기 속에.

희망

세차게 불어대던
차가운 바람도
질기게 서성이던
겨울 자욱도
밀어낸 숨결

눈 속을 뚫고 올라온
노란 복수초
흰눈 밭에 고개 내민
청보리 싹

물오른 나뭇가지에
희망을 널며
어두운 절망을 걷어낸다.

희망 일기

등줄기를 타고
올라오던 외로움에
서러움 가득한
나무가 된다

메마른 가지마다
차오른
시린 가슴이
울음을 머금고

잘려진 나무 밑동에
뒤뚱이며 앉은 새 한 마리
퍼득이는 날갯짓에
눈물 겨운 바람이 일고

날아라! 날아 올라라!
무거운 마음에 짓눌린
절망을 뱉어내고
희망을 삼킬 수 있도록!

제5부
행사시

정신의 노래
-개교 130주년에

푸르름이 꿈결처럼 흐르는
회화나무 그늘에서
믿음을 키우고
삶을 배웠다
정신의 어린 영은
은빛으로 익기까지
그대들을 지켜준
그분의 사랑 앞에
오늘도 훈훈한 가슴이다

참 열매 맺는
죽은 밀알 되라 하시던
스승의 가르침!
목숨 바쳐 조국을 지켜내신
선배들의 나라사랑!
생애의 기슭마다
불 밝혀준 등대가 되었다
상처 입은 외로움

남루한 가난 앞에
회색빛 체념 속에
밝은 희망 심어줄
나무 한 그루

그릇마다 채워질
사랑을 위해
험한 세상 이어줄 다리가 되려
온기 어린 손 내미는
따뜻한 입김

정신의 딸들이여!
어두움 밀려드는 절망 속에
한 줄기 빛이 되어라,
감사로 가득 찬
향기로운 영혼을 빚어내어라!!

주님의 사랑 앞에
-남포교회 교우들에게

여호와께서 심으신 의의 나무여
그대는 알고 있는가
흙 빚어 기쁨으로 만드셨다는 것을!

참포도나무의 가지 되어
사랑의 수액으로
누리고 산
자녀 된 복을!

살아가는 날들의 고통 앞에
절망 앞에
비틀거려도
자비의 손 내밀어 일으켜주셨던
그분의 끝없는 사랑을,
따뜻한 미소가
보이는가!

떠나지 못한 채

서성이고 있는
죄의 형상 앞에
이 모습 그대로인 좌절 앞에
눈물 머금은 그대여!
살아계신 하나님을
보석처럼
성령님의 은택 속에 간직하기를!

교회 나이 서른다섯
가르침 받은 말씀 앞에
무릎 꿇어
어두움에 빛이 되는 램프처럼,
험한 파도 위에
불 밝히는 등대처럼
사랑과 섬김의 향기를 멀리까지 보내주오.

회상적 서정성과 친화력

김지원

시인, 전 한국크리스천문학가협회장

1.

서정시란 서사시, 극시와 더불어 시의 3대 표현 양식 중 하나이다. 고대에서는 서사시나 극시가 중요한 위치를 담당했지만 오늘날에는 주관적 감성이 바탕을 이루는 서정시가 시에 대한 보편적 전형이 되고 있다.

서정시lyric란 말의 어원은 희랍의 칠현금에 맞추어 노래하는 송가ode를 효시로 하고 있다. 즉 시와 음악이 함께 어우러지는 주관적 감성의 표현이었던 셈이다. 이 주관적 감성의 표현이란 사물을 인식하는 느낌이나 생각, 또는 직간접 경험 등이 어느 순간 영감을 받아 표출되는 것으로 객관적 지성이나 이성에 반하는 개념이라 할 수 있을 것이다.

오늘날은 지성이나 과학이 세상을 지배하고 있다.

그러나 지성은 감성을 모태로 하고 있다. 예를 들어 과학의 눈으로 볼 때 달은 낮의 온도가 120도, 밤의 온도가 -170도에 이르는 상상 밖의 세계이다. 그뿐 아니라 물이나 공기가 없고, 물이나 공기가 없다 보니 소리도 없고 음

악도 없고 침묵만이 도사리고 있는 죽음의 세계다. 그러나 감성의 시각으로 바라볼 때 달에는 계수나무가 있고 옥토끼가 있고 때때로 떡방아를 찧고 있는 동경을 불러일으키는 신비의 세계다. 따라서 과학의 시각으로 황폐한 죽음의 세계에 따뜻한 은유로 생명을 불어넣고 있는 것은 감성임을 알 수 있다. 더 나아가 달 탐험의 유혹을 촉발시킨 것도 알고 보면 달의 온도나 중력이 아니라 계수나무와 옥토끼의 유혹으로부터 온 감성적 상상의 세계에서 출발한다. 즉 감성이 지성의 단초가 된 셈이다. 따라서 시에 있어서 감성은 생명과도 같은 것으로 이런 측면에서 금번 상재하는 남춘길 시집 "그리움 너머에는" 서정시의 가능성을 가늠할 수 있는 주목할 만한 일이라 하겠다.

   2.
   이 시집은 편의상 5부분으로 나뉘어 싣고 있지만 전편을 관통하고 있는 보편적 주제는 그리움이다.
   그리움은 "마음속에 무엇인가를 그리는" "그리다"로 출발하는데 이미 되돌이킬 수 없는 지나간 시간이나 공간에 대한 기억, 사라져가는 것들, 그리고 불가능하거나 금지된 것들로부터 발생한다. 그런데 이 시집에서 남춘길은 이런 것들을 꿈이나 목마름, 또는 계절에 대한 변화, 그리고 연둣빛 색깔이라는 시각적 느낌 등으로 표출하고 있다. 즉 이런 것들을 통해 자신을 시적 알레고리로 환치시키고 있는 셈이다.

목마름이 익어서
그리움이
감미로운 슬픔 되어
쌓여가는데
당신은요?

설레임으로
써 내려간
마음속 일기장엔
연두색 이슬이 맺혀가는데
당신은요?
　　　　　-〈알고 싶어요〉 전문

　그의 시는 단정하다. 군더더기가 없이 쉽게 독자들에게
다가간다. 그러나 꼭 동일한 패턴만 보여주는 것은 아니
다. 아래에 소개한 시 〈이른 봄〉에서는 예리한 감수성이
투영된 부분으로 반짝이는 언어의 조탁 능력도 보여주고
있다. 이는 학창시절부터 시작한 오랜 습작의 흔적으로 유
추되는 부분이기도 하다.

새벽바람은
갓 베인 시간을 물고 와
회색빛 아침이
물오른 나뭇가지 위에 걸리고

햇살은 빠른 걸음으로 달려와
창문을 두드린다

어느새
겨울을 밀어내고
다가온
한줌 봄볕이
눈부시다.
          -〈이른 봄〉 전문

이 밖에도 그가 지닌 그리움의 대상은 전쟁의 참화 가
운데 겪었던 유년시절의 극히 짧았던 한 순간, 즉 툇마루
에 내리쬐던 봄볕까지도 용케 기억 속에서 이끌어내 형상
화하고 있다. 이는 그만큼 시인은 사라져버린 것들에 대한
애정을 가지고 있으며, 순간적인 사물인식을 미세한 촉수
로 잡아내고 있다고 할 수 있다.

잠깐 총성이 멎고
푸른 쑥 돋아나던
1·4후퇴
그해 봄날

시골집
툇마루 끝에
내리쬐던 봄볕은

얼마나 따스하던지
-후략-

　　　-〈그해 봄날〉 전반부

　이 시집에서 간과할 수 없는 또 다른 근원은 어머니다. 그의 영혼 깊숙이 자리하여 끊임없이 시적 모티브를 제공하며 시의 에너지원으로서 자리 잡고 있는 부분이기도 하다. 그의 어머니에 대한 기억은 〈어머니의 버선코〉 〈어머니의 빨랫줄〉 〈엽차 한 봉지〉 그리고 그의 등단작이기도 한 〈어머니의 된장찌개〉 등에서 동일하게 나타나고 있는 부분이다.

어머니
된장찌개엔
달래향이
푸르게 살아 있었다
사랑도 한 움큼
구수함도 한 움큼
녹아 있었다

그리움 수북 쌓인
내 된장국엔
씁쓸한
오늘이
가득하다.

-〈어머니의 된장찌개〉 전문

3.

여기에 수록된 작품 속에서 회귀점은 신앙이다. 신앙은
그의 삶의 인도자이자 삶의 버팀목이고, 질곡의 세월 속에
서 희망으로 나타나고 있다.

부서진
외로움
아프다고
소리쳐도
그때가
그분을 만나는 시간이다

흩어진
고난마다
빛 되어
찰랑이며
다가오는
그분이 사랑의 잔이다.

-〈은혜의 길〉 전문

거칠고 험한 생각 같은 건
전혀 하지 않을 것처럼
선한 얼굴로

따스하게 미소 짓고
팔 벌려 안아주는
넓은 가슴

악의 포장은 너무 거룩하지만

마음 안으론
먹물 같은 검은 눈이 내린다

허접한 영혼이 몸부림치듯
캄캄한 터널 속에서
소금의 참맛을 잃어간다.
　　　　-〈위선〉 전문

　상기의 시편들에서 보듯 그는 직설적 진술을 피한다. 그의 목소리는 외침이나 슬로건을 내걸지 않고 신앙 자체만을 형상화시키고 있으며 선악에 대한 본질적인 문제에 천착하고 있다. 일반적으로 기독교 시가 예술적으로 승화되지 못한 채 직설적인 전도지나 영탄조 일변도 호교문학의 틀에서 벗어나지 못하고 있는 것과 대조되는 부분이기도 하다. 이런 사실을 감안해 보면 그의 작품은 기독교인뿐 아니라 비기독교인에게도 거부감 없이 다가갈 수 있는 친화력을 가지고 있다고 할 수 있다. 그리고 또 다른 아래의 시를 보면 자기 자신을 성찰하는 시간을 갖는 절제된 모습으로 표출되기도 한다.

말을 많이 한 날도
밥을 많이 먹은 날도
후회가 많다

마음을 비우고
옆자리를 비우고
고요를 기다리면

맑아진 눈빛에
어깻죽지에
날개가 돋으리라.
　　　　-〈고요를 향하여〉 전문

4.
　모두에서 말한 대로 그의 시는 회상적 감성을 토대로
하고 있다. 그의 지나온 생애에 만났던 크고 작은 삶의 편
린들을 모아 시의 옷을 입혀 내보내고 있는 것이다. 그의
시편 공히 시간의 간격을 느낄 수 없는데 이는 그의 삶과
시적 관심이 시종여일하게 변치 않았음을 보여주는 방증
이기도 하다. 쉬운 표현으로도 능히 한 편의 시를 완성하
고 있는 그는 앞으로도 더 몇 번이든 자신을 뛰어넘어 독
자들 앞에 새롭게 다가가리라 생각한다. 마지막으로 짧지
만 긴 여운을 남기고 있는 가작 한 편을 소개한다.

　너의 깊은 눈

너무 따스해
가만히
만져보고 싶다

해맑은 미소도
한 줌
길어올리고 싶다

감추고 있는 슬픔
조심스레
바라보기만 해야 할 것 같다.
　　　　-〈그 여자〉 전문

그리움 너머에는

초판 1쇄 발행   2020년 12월 10일

지은이 | 남춘길
만든이 | 이한나
펴낸이 | 이영규
펴낸곳 | 도서출판 그린아이

등록 연월일 | 2003. 12. 02.
등록 번호 | 제2-3893호
주소 | 서울특별시 은평구 녹번로 6-11 201호
전화 | 02)355-3035
이메일 | gmh2269@hanmail.net

ISBN 978-89-958105-9-0(03810)

Cover image © Getty Images RF